Estimados padres:
¡El amor de su niño hacia la lectura comienza aquí!

Cada niño aprende a leer de diferente manera y a su propio ritmo. Algunos niños alternan los niveles de lectura y leen sus libros preferidos una y otra vez. Otros leen en orden según el nivel de lectura correspondiente. Usted puede ayudar a que su joven lector tenga mayor confianza en sí mismo incentivando sus intereses y destrezas. Desde los libros que su niño lee con usted, hasta aquellos que lee solito, hay libros **"¡Yo sé leer!"** *(I Can Read!)* para cada etapa o nivel de lectura.

LECTURA COMPARTIDA

Lenguaje básico, repetición de palabras y maravillosas ilustraciones. Ideal para compartir con su pequeño lector emergente.

LECTURA PARA PRINCIPIANTES

Oraciones cortas, palabras conocidas y conceptos simples para aquellos niños que desean leer por su propia cuenta.

LECTURA CON AYUDA

Historias cautivantes, oraciones más largas y juegos del lenguaje para lectores en desarrollo.

LECTURA INDEPENDIENTE

Complejas tramas, vocabulario más desafiante y temas de interés para el lector independiente.

Los libros **"¡Yo sé leer!"** *(I Can Read!)* han iniciado a los niños al placer de la lectura desde 1957. Con premiados autores e ilustradores y un fabuloso elenco de personajes muy queridos, los libros **"¡Yo sé leer!"** *(I Can Read!)*, establecen un modelo de lectura para los lectores emergentes.

Toda una vida de descubrimiento comienza con las palabras mágicas **"¡Yo sé leer!"**

¡Yo sé leer!

LECTURA COMPARTIDA
Mi primer libro

Bizcocho
va a la escuela

cuento por ALYSSA SATIN CAPUCILLI
ilustrado por PAT SCHORIES
traducido por ISABEL C. MENDOZA

HarperCollins*Español*
Una rama de HarperCollins*Publishers*

ISBN 978-0-06-307093-6 — ISBN 978-0-06-307092-9 (pbk.)
Library of Congress Control Number: 2021933224
21 22 23 24 25 LSCC 10 9 8 7 6 5 4 3 2 1
❖
Primera edición
Originalmente publicado en inglés, 2002

¡Para los maravillosos estudiantes,
maestros, bibliotecarios y padres que
le han dado la bienvenida a Bizcocho
en sus escuelas!

¡Aquí viene el autobús escolar!
¡Guau, guau!

Quédate ahí, Bizcocho.

Los perros no van a la escuela.

¡Guau!

¿Para dónde va Bizcocho?

¿Va para el estanque?

¡Guau!

¿Va para el parque?

¡Guau!

¡Bizcocho va para la escuela!
¡Guau, guau!

Bizcocho quiere jugar con
la pelota.

¡Guau, guau!

Bizcocho quiere

escuchar un cuento.

¡Guau, guau!

¡Chsss!

Bizcocho quiere comer.

¡Guau, guau!

¡Ay, Bizcocho!

¿Qué estás haciendo aquí?

¡Los perros no van a la escuela!

¡Ay, no!

¡Ahí viene el maestro!

¡Guau!

Bizcocho quiere conocer
al maestro.
¡Guau!

Quiere conocer a toda la clase.

¡Guau, guau!

¡A Bizcocho le gusta la escuela!
¡Guau, guau!

¡Y a todos en la escuela
les gusta Bizcocho!
¡Guau!